MESMER GUERI,

O U

LETTRE D'UN PROVINCIAL

AU R. P. N***.

MESMER GUÉRI,

OU

LETTRE D'UN PROVINCIAL

*AU R. P. N***,*

En réponse a sa Lettre intitulée,

MESMER BLESSÉ.

A LONDRES,

Et se trouve à PARIS,

Chez les Marchands de Nouveautés.

1784.

M. R. P.

C'est avec la rouille de l'arme offensive dont vous vous êtes fervi pour blesser M. Mesmer, que je prétens, à l'exemple d'Achile, guérir la plaie que vous avez faite à cet homme étonnant. La cure ne fera pas longue, à ce que je me perfuade; car la blessure n'est pas profonde.

Il n'est donc point d'afyle où la malignité de la critique ne poursuive un Mortel illuftre? Quoi! dans un monastere, car personne n'ignore aujourd'hui que vous êtes un des confreres du R. P. Hervier; quoi! dis-je, c'eſt dans un monaſtere qu'un Religieux répand le fiel de l'ironie, ſur le zele qu'un autre Religieux témoigne pour le bien de l'humanité, ſur la reconnoiſſance qu'il fait éclater envers ſon bienfaiteur? Ce procédé n'a pu paroître à perſonne plus conforme à la bienſéance qu'à la charité.

Vous avez voulu démontrer qu'il étoit impoſſible que le P. Hervier eût été malade, parce que vous ne l'avez jamais entendu ſe plaindre: pour moi je crois tout bonnement qu'un homme eſt malade, quand il va conſulter un Médecin. Cette preuve me paroît pour le moins auſſi ſolide que celle de l'avoir entendu ʝeindre.

Vous préſentez au Public le P. Hervier

comme fauteur intéreſſé du charlataniſme ; vous voulez que le bien qu'il dit de M. Meſmer ſoit le réſultat d'une prévention aveugle , & vous traitez d'enthouſiaſme illuſoire l'éloge qu'il fait de M. Meſmer , d'après des expériences multipliées. Les avez vous vues, mon Pere, ces expériences ? Eſt-ce d'après leur évidence que vous jugez que les principes de cet excellent Phyſicien ne ſont pas admiſſibles , & que ſon Magnétiſme eſt impuiſſant ? Je parierois que vous n'avez jugé le P. Hervier & M. Meſmer , que d'après les ricannemens & les préjugés de quelque éleve d'Hyppocrate : ne vous en rapportez pas trop, mon R P. , aux aſſertions de ce Docteur , non plus qu'à cellesde la Faculté.

Rien ne lave mieux M. Meſmer du ſoupçou de charlataniſme , que d'avoir ſol-

licité ce Corps fcientifique de venir être
témoin des effets de fon Magnétifme : c'eft
fur l'évidence qu'il vouloit établir & com-
muniquer fes principes ; c'eft fur l'évidence
qu'il vouloit qu'ils fuffent approfondis ;
jugez & réformez fi le cas y échet. Ce
n'eft pas là , je crois , la route que prennent
les Charlatans pour parvenir à la féduction :
on n'a pas daigné répondre à fon invitation ;
& fans écouter ni voir, on n'a voulu que
les décréditer en le tympanifant.

Ce procédé déshonnête n'a pu qu'infpi-
rer aux gens fenfés beaucoup de défiance
envers les Anti-Mefmériens, & loin de nuire
à M. Mefmer, on lui a acquis un grand
nombre de partifans. On n'auroit pas à rou-
gir aujourd'hui d'un pareil réfultat, fi l'on
avoit commencé par voir & par entendre,
& qu'on fe fût autorifé à décrier le Ma-

gnétifme , en démontrant le danger de fon application.

L'inoculation a triomphé du clabaudage de fes antagoniftes ; la philofophie de Defcartes a anéanti celle d'Ariftote ; malgré le fanatifme des Univerfités , des Facultés de théologie. La philofophie de Newton a triomphé des erreurs de Defcartes ; malgré l'idolâtrie des Cartéfiens opiniâtres , on a droit de s'attendre que le Magnétifme animal triomphera à fon tour des préjugés & du pédantifme des idolâtres d'Efculape : que cela arrive ou nom , ce fera toujours un axiome irréfragable du bon fens , qu'on ne peut juger perfonne fans le voir ni fans l'entendre.

Vous voulez intéreffer Dieu dans la caufe que vous avez entreprife contre le P. Hervier. Prenez garde, mon R. P., vouloir rendre Dieu complice de votre malin vouloir à l'égard du P. Hervier, n'eſt-ce pas vous rendre vous-même ſuſpect de l'impiété que vous affectez de lui reprocher.

Le P. Hervier prévoit que le Magnétiſme pourra devenir un remede ſi univerſel & ſi bénevole, qu'il préſervera déſormais les hommes de ces maladies aigues qui cauſent de ſi grands ravages dans l'économie animale ; il prédit que par le maintien de l'équilibre des humeurs, il épargnera aux femmes une partie des douleurs de l'enfantement : il annonce que les hommes parviendront à la vieilleſſe, & qu'ils ſubiront la mort ſans eſſuyer les horreurs préliminaires qui la rendent ſi redoutable, & ſur ces promeſſes conſolantes vous voilà tout prêt à vous écrier : *il a blaſphémé !*

Calmez - vous , mon **R. P.**, & fongez plutôt à faire un retour fur vous même, qu'à faire intervenir la Divinité au fecours de votre plaidoirie. Oui , mon Pere , Dieu a condamné l'homme au travail, aux maladies , à la mort ; il a condamné la femme aux douleurs de l'enfantement ; mais il ne regarde pas comme un crime les efforts que les hommes font pour fe foulager ou fe préferver des maux qu'il leur envoie : fi fa juftice nous envoie des maladies pour l'expiation de nos fautes, fa miféricorde a créé des remedes pour en préferver & pour les guérir ; s'il n'en étoit pas ainfi, l'étude & la fcience de la Médecine feroient des infultes à la Divinité.

La pefte eft commune dans le Levant; les vaiffeaux qui en arrivent peuvent apporter dans l'Occident les germes de cette horrible contagion. Eſt-ce donc une impiété de leur impoſer la quarantaine ; & les officiers de nos Amirautés qui veillent rigoureuſement à ce qu'on ne puiſſe violer cette quarantaine , méritent-ils d'être dévoués à l'anathême ? Un malade viole-t-il le reſpect qu'il doit à l'Être ſuprême, quand il fait uſage des remedes qui lui ſont indiqués ? Non ſans doute. Vous avez donc cité très-mal-à-propos l'Écriture-Sainte , & vous devez convenir que l'erreur eſt toujours très-voiſine de la malignité.

Voulez - vous , mon R. P. , anéantir la mauvaiſe opinion que votre procédé à l'égard du P. Hervier fait concevoir ſur votre compte à bien des honnêtes gens ? Allez à votre tour voir M. Meſmer , écoutez & ſcrutez ſes principes ; voyez & jugez ſi les expériences dont il les appuie établiſſent

invinciblement la puiſſance du Magnétiſme
animal : Une fois convaincu par l'évidence,
imitez alors le P. Hervier, & volez annon-
cer aux hommes la plus ſublime & la plus
conſolante découverte que depuis la créa-
tion l'Être ſuprême ait bien voulu accorder
à la nature humaine.

Je ne dois pas oublier la tracaſſerie que
vous faites à M. Meſmer ſur l'extenſion
univerſelle qu'il accorde au Magnétiſme
animal ; & parce qu'il prétend ſubmerger
dans la contiguité des atômes de ce fluide
tous les corps qui exiſtent dans l'étendue,
vous en concluez qu'il veut reſſuſciter le
ſyſtême anéanti de Deſcartes, ſur le plein
abſolu que ce Philoſophe admet, & le
vuide qu'il rejette. Il y a de la mauvaiſe foi
à maſquer ainſi les intentions d'un Ecrivain ;
c'eſt le décompoſer malignement, que de

préfenter fes expreffions au propre, quand il ne les emploie qu'au figuré. Pour dire qu'un fac de grain eft plein, qu'une cruche d'eau eft pleine, diriez - vous, en imitant l'exactitude pédantefque du Pirhonien de Moliere, le fac me paroît plein, cette cruche me paroît pleine, cependant ni l'un ni l'autre ne font pleins ; car quel gré ne vous fauroient pas vos Lecteurs ou vos Auditeurs d'un commentaire fi fcrupuleux ? Avouez donc, mon R. P., que votre chicanne eft pitoyable, & que ne fachant pas faire la guerre aux chofes, vous avez jugé plus propre à votre malignité de la faire aux mots.

A propos, je viens d'apprendre que M. Lecourt de Gebelin vient de mourir ; je vous félicite, mon R. P., d'avoir conclu,

[13]

d'après une hypothefe de votre fabrique,
qu'il n'avoit pas été auffi malade que le
P. Hervier; on eft pourtant plus malade
qu'un autre quand on meurt.

J'ai l'honneur, &c.

---

*Vu l'Approbation, permis d'imprimer, ce 15 Juin
1784, LENOIR.*